風の舞う丘

氏家長子歌集

青磁社

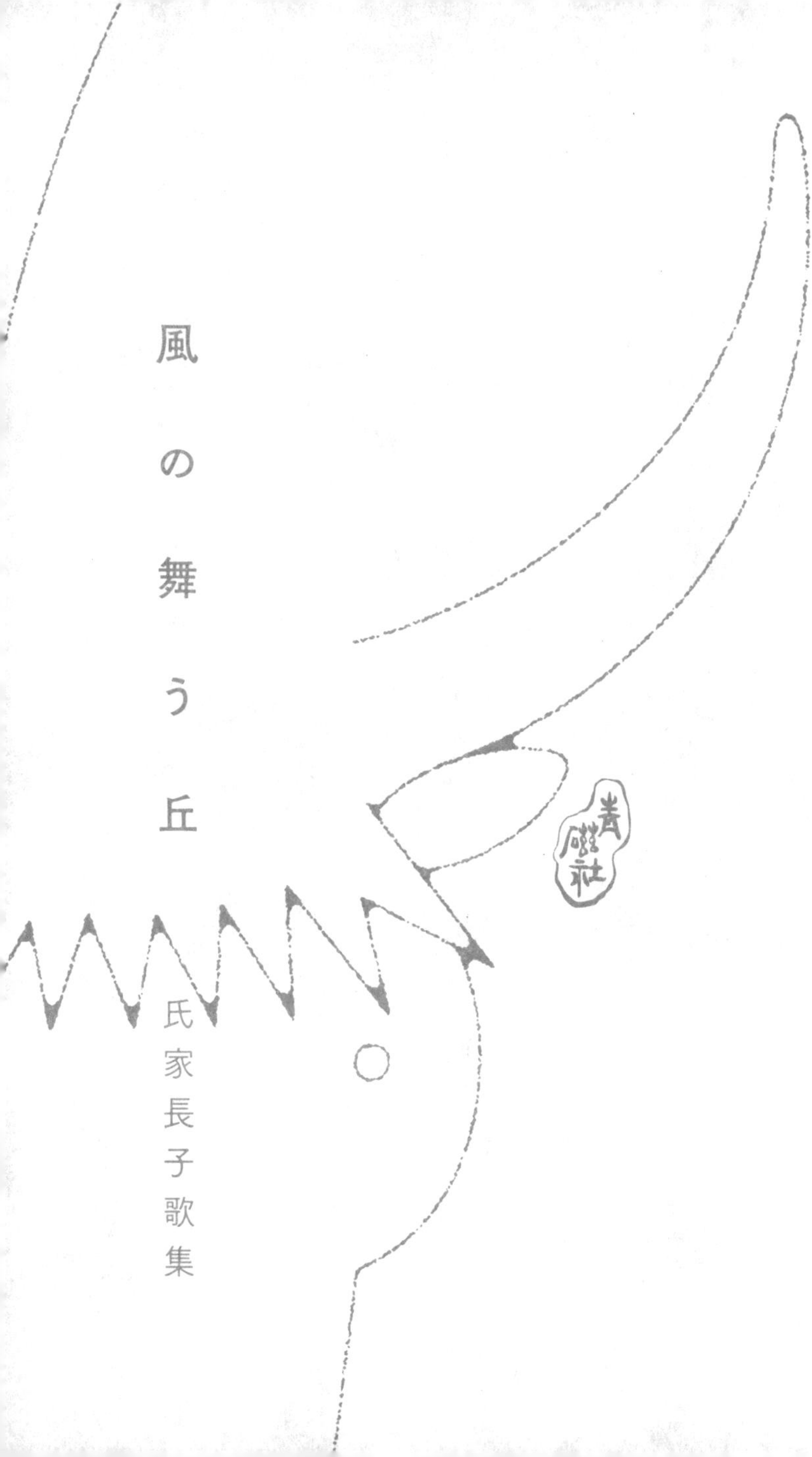

風の舞う丘＊目次

氏家長子歌集

風の舞う丘

孔雀が道路を渡る町

＊初任地は香川県東部の小さな中学校（現さぬき市の天王中学校）

いちまいの辞令で摑んだあの空のサフランブルーに滲むあかとき

一週間分の野菜と朝焼けを載せて実家を発つ
月曜日

平飼いの孔雀が道路を渡る町たまごみたいな
私の団地

吉兆なり羽根を広げた孔雀には道を空けねば
ならぬしきたり

たとえ葡萄が房ごと落ちても大丈夫みんなみ
んなスポンジだった

動物も草花もひとも等間隔しずくしておりそ
れぞれの影

「作戦」に代わる言葉を探してた湾岸戦争中
の部活は

戦争を知らない大人が戦争を知ったアラビア
の文字が流れて

どれほどの愛かわからぬ山間の水源地ふかく
夕日が落ちる

髪を洗う歯を磨くその線上にひとを愛するこ
ともありたり

三年三組

「先生が最後の先生」訪ね来る十五歳はパン工場に働く

林檎の木を見たことがない子どもらと蜜柑畑
にただ埋もれおり

ようようにひらきパタンと砂に伏すわれも組
体操の扇に

輪に入ることなく終えた運動会少女ひとりの
マズルカステップ

「いやだから、気を遣われるの」少年に口止
めされた転校の日を

ゆずの「いつか」歌って泣いて別れたるあの
秋の日の三年三組

陸上大会

きみの背にラスト一周の鐘が鳴る頑張れとしか言えなくてごめん

ざっくりと地球を刺して舞い上がる棒高跳び
の束の間の宇宙

寡黙なる少年が見せた爆発はブレることなき
ロケットスタート

頽れた膝の窪みが残りいるグランドを均すと
んぼと夕日

いのち

バスケ部の兄はおとうとに骨髄を移植していたあの夏の日に

ドナーのこと何も言わずに少年はいつものように部活に戻る

庭先のバスケのゴール夕映えに兄弟のシュートつぎつぎと呑む

大丈夫、あなたがいるから大丈夫。そんなあ
なたにわたしもなりたい

フォグランプ点けて出勤す〈紫雲丸事故〉に
沈んだ子らのいたこと

母のうさぎ

亡き母が林檎を剝いていたナイフうさぎを作りまた折りたたむ

林檎一箱ホワイトアウトを抜けてきて我の部屋には入りきらぬ香

死が迫る母に搾った〈ふじ〉や〈むつ〉林檎は遥かな旅路と思う

「散るときは安らかだった」信じよう母の最期に〈葉っぱのフレディ〉

母と入れ替わるようにしてやって来た白い子犬と暮らし始める

半斤のパンを三日できっちりと食べ終えること　ひとりというは

ひとり居は膝関節の鳴る音と柱のきしむ音が世界だ

亡き母の自転車とくるくるドライヤーを棄てる　私は大丈夫です

山桜あり

産みたてのたまごを買いてそっと抱く未だ山
霧の漂う町に

さかな屋の戸板のような俎板に鱗が春のひかりを散らす

訳ありの林檎に蜜が入ってた誰にも見せない本当のこと

脱いだ服を砂山のようにやわらかく今日の鎧
を休ませておく

風の音も思い出とするセーターを牧草ロール
みたいに仕舞う

誰の手も借りずに生きていきますと遥かな高
みに山桜あり

平成七年　阪神淡路大震災の日

ユーミンの「春よ、来い」流れる日々を直下
に断てり一・一七

片隅にぎっしり埋めた葉牡丹が破裂すイン
フォームドコンセント

予定通りわれの手術は行われ震災の日が暮れ
てゆきたり

麻酔から醒めかけたわれに声をかけあの夜神
戸へ発った幾人

眠りから覚めるたび増える死者の数　わたし
助けてもらっていいの？

被災地から戻ってわれを診るひとの白衣の内の厚きデニムよ

今は亡き父は主治医に現金を渡そうとして失敗をした

大部屋は組み立てた紙の箱のよう誰かを想い
泣くだけのスペース

目を閉じて浮かぶ公園の枯蓮がもっとも身体
に近い夕暮れ

病院を抜けて真冬の動物園　同士のようなナ
マケモノに遇う

動物園の次はあのマクドナルドまで　われが
問題の入院患者

北風にチーズバーガー食べたけど以前の自分
に戻れなかった

泣けるほど寒かった道マフラーをぐるぐる巻
きにしてひとりなり

中城ふみ子が暮らしていたこの界隈を同じ病をもちて漂う

幸せではなかったかもしれないけれど四国を美しと言いくれしふみ子

うっすらと黄を滲ませた菜の花が冬の夜明け
を海原にする

山上より見下ろす夕の市街地に病院の灯を探
していたり

最高に明るいキャラのチューリップ手術の傷
がはつか痛みぬ

赤い実の生る街路樹に背を押され前を向くこ
とのみ選択肢

ひややかに橋をくぐる小舟になって年に一度
の検診いまも

令和三年師とあるく栗林公園あの日のわれが
駆けて来て去る

瀬戸大橋

瀬戸内のひかる夕波あの島のひとに教わった
銀のペタンク

斜張橋の翼に抱かれ真横から瀬戸大橋が見える本島《ほんじま》

教員を辞めた貴方がさざ波のようにガイドす瀬戸《せと》内国際芸《げい》術祭の島

四国から瀬戸大橋を渡り来て長島愛生園に架
かる橋みる

橋の無い海を見ていた長島のひとびとに明石
海人がいた

丸亀団扇

うつし世へ旧仮名遣いに送られる丸亀団扇の
〈ふはふは〉の風

台風の中かえり来るちちははを電気ろうそく
灯して待てり

〈アンパンマン列車〉も止まる大嵐もう一日
とどまれよちちはは

わが裡のホタルブクロに棲んでいるあるかな
きかのひかりを信ず

おおははの植えた柿の木の枝は幾人の遺骨を
拾ったのだろう

木陰には晩夏の知らせ大鳥居くぐれば後ろを
向いてはならぬ

玉砂利にしずむ蟬声われも死を秘めて小さな
あの鳥居まで

そよいでいるか

コンビニのダストボックスに裂けた服棄てて
帰りし夜　こぬか雨

ひとつだけ点る灯りに照らされたおむすびを
頬張りまた外に出る

古傷を新しい傷で塗りかえるこの全身を夜霧
にひたす

なつかしいソースの味に泣きじゃくる家出した子と分け合う海老めし

据付けのロッカーにかばん押し込めて息のできない時が流れた

あかねさす昼〈椰子の実〉の響きたり裏庭の
草で血を拭くわれは

傘立ての傘のすべてが折れた日はその骨の数
一〇〇〇本超える

服を脱いだわたしにシャッター押しながら謝りくれる女性警察官

〈五十代女性教諭〉がわたしの名　神無月の地方新聞に載る

サンドバッグになったのはわたしではなくて
あなたのこころだったしんじつ

草叢にボールが紛れ見つからないみたいな消
え方はしないから

きみたちにもっとも近くて遠い色晩秋までを
染めるサルビア

少なからず道を迷わせてしまった少年たちも
二十歳を過ぎた

木蘭は heart いつかまた会えたなら小鳥を逃がすような掌をして

教室を飛び出した子と黙禱す三・一一まだ冬のプールに

「命懸け」言って自分も嗤ってたあの日々を
愛しみてさよなら

根を張りて何処かの町に働けるきみたちに樹
はそよいでいるか

冬の終わりの

＊公立中学校を退職

ああこれが最後の授業と思いいいて冬の終わりのグランドに立つ

平行線だけど向かい合えていた並木道のように
あなたと

便せんをはみ出すほどの花束を描いていたたたん
だA子の手紙

すれ違う中学生を目で追いて束の間過去のわたしに戻る

公務員という安定の箱を飛び出して辿り着いた私立通信制高校

霧雨の社頭

霧雨の社頭に令和の幕を垂るこの日をなつか
しむ日は来るか

＊令和元年五月一日　大歳《おおとし》神社

天地と東西南北〈六合《くに》〉とよぶ神話の国の片
隅に住む

拝は深き九十度との規定ありたまゆらにわが
影を確かむ

狛犬の瞼の汚れをそっと拭くなみだの痕を消
すように指で

夥しき樟の落葉のただ中を須佐之男命《スサノオノミコト》神楽の
板に

団栗と松葉の箸を置いて去るわが里にごんぎつねがいます

一日の終わりに足袋を手洗いす白でなければならぬ生業

麦畑折りたたまれて焼かれたりはつ夏は次の
ひかりに変わる

ひと日だけ咲くらしオクラの花満ちて夏至の
日しずかに暮れてゆきたり

隕石が降ってきたかと頭《ず》をまもる茅《ち》の輪くぐりに来たカブトムシ

夏を歩く

青梅を信じて歩きだすわたし首元までのボタンを止めて

無駄遣いのうしろめたさにふる日照雨《そばえ》先生の
まるい眼鏡がキラリ

赤ペンの芯を箱買いするわれに沼のようなる
期日がせまる

真夜中に半額のうなぎ食べ終えてすでに右手
は採点モード

置いておくことは必然神棚のメロンが熟す頃
きみが来る

旅

バッグには折りたたみの麦わら帽子手品のように夏をひろげる

乗り換えを六回こなし辿り着く山梨県立文学
館清し

山梨の清流をかばんに仕舞う風林火山という
名のペット茶

旅に来て旅の終わりを見ておりぬ諏訪湖のほとり白鳥の舟

ホームに流れる「銀河鉄道９９９」別れの旅でもないのに切なし

少女

ポニーテール結ぶ高さがテンションと言った
少女の髪いつも見る

蜘蛛の巣を思わすアーチ橋越えてひとりぼっちの少女のもとへ

保護シェルターに駆け込んだ少女さびしさと安堵の交じる笑顔を見せぬ

「友だちがほしい」「私もそうだった」少女と冬の出口をさがす

春の嵐に電車がストップして泣いた少女は卒業式に間に合わず

自画像を描かぬ少女のそばにいて季節ひとつ
を遣り過ごしたり

ぬいぐるみを要塞のように積み上げた部屋に
少女と膝つき合わせる

〈ユーキャン〉の段ボール箱を卓にして茶を
淹れくれた籠もれる少女

朝起きてカーテンを開けるそれだけの約束を
して部屋を出てゆく

水たまりは飛び越えるものと信じてたけれど
一緒に遠回りしよう

虹

「俺たちも中身ないかも」「そんなことないよ」張りぼての紙を貼りゆく

クールな子が汗だくになって設営す一日限りのお化け屋敷を

はじめての共同作業は二十玉練習した模擬店の焼きそば

両脚がしっかり立って極太の目の前の虹きみ
と見ている

行く手には虹が架かりてその虹が希望のよう
に消えないでいる

両親を亡くした少年がバイトするうどん屋に
通うわが夏休み

加害者になってしまった少年はどこに暮らす
か朱夏の街路樹

弁当を持たせて朝に送り出すそれが夢だった
母は語りぬ

キャラ弁は手間がかかると笑う母ようやく登
校し始めた子の

はじめての体育祭に少年の母はパン食いの
ゴールに涙す

また繭に籠もってしまうか少年の前に九月一
日の壁

北海道マップ

機内モニターに映し出された滑走路みんな見
ている空への道を

君はつばさを…詠みし歌人が翼なら意外と近
くに降り立ちていん

乗り換えの羽田空港にすれ違う鹿児島行きの
北国の子ら

ひし形の北海道マップ黄葉は中心から拡がっ
てゆくらし

「修学旅行はじめてなんです」白樺に手を当
て少女は涙目になる

引率は馴れているはずのわれもまた北の大地
に泣きそうだった

小遣いを貰った祖父へのお土産に少女が手に
する菓子〈大平原〉

ひたすらに北海道を走りゆくバスはわたしの
宝石箱だ

丸亀城

丸亀城の前に笑顔の集合写真その裏のうら石
垣絶える

もういいんじゃないかと高校生は言う石垣に
も許される自然死

水を抜いた泥土のお濠に白鷺がバランスを崩
しまた飛び立てり

みぎひだりに二つ観覧車が見える丸亀城天守
閣のパノラマ

伴走の喜び苦しみかみしめてあなたと廻る白
鳥の道

サランラップの芯をバトンにして渡す二人きり冬の運動会だ

移動図書館〈はくちょう号〉が迂回する崩れた石垣から光る水辺へ

遠景にライトアップの丸亀城二十時三十分師
のラジオ聴く

石川啄木終焉の地に

小石川五丁目十一番七号啄木の終焉地を記憶す

播磨坂に少し迷って辿り着く台風接近の風受けながら

啄木の命日四月十三日この桜並木想像できない

播磨坂より啄木の歌碑に到るまではらはらと
雨　狐の嫁入り

おむすびのような優しいかたちした凩の歌碑
に手を当ててみる

啄木が姉に宛てた文「喀血」という文字が私の
胸を突き刺す

初めてのふるさと納税東京都文京区〈啄木基
金〉一口

近くにあるテニスコートより何度でも悲しみを打ち返す音がする

文京区〈啄木基金〉の返礼品鷗外のポストカードが届く

『滑走路』

勤務先の小さな図書室にそっと歌集『滑走
路』立てかけて帰る

手に取りてページを繰りて元に置く少年は今日も『滑走路』を

生徒らがつぎつぎ付箋を貼り付けて紫陽花のごとふくらむ『滑走路』

如月の最後の授業『滑走路』好きな一首を書き写す　こころに

知られたくないから一番好きな歌は書かなかったと照れ屋のきみは

自転車のペダルを漕いで僕も行くだからこの
歌この道を選んだ

夕暮れのグループLINE少年が『滑走路』
にふれ友を励ます

『滑走路』何度も手にした少年は何も語らず
卒業をした

離陸する着陸もする滑走路　帰ってきてほし
いひとがいます

卒業

四月には瀬戸大《はし》橋を渡る子と残る子の橋を背
にした卒業写真

写り込んだ雲は大きなフラミンゴ　あり得ないって沸く少女たち

「笑って」と言わなくてももう大丈夫そのとびきりの笑顔で生きよ

卒業式の準備ととのえ仰ぎ見るニジマスが泳ぐような夕空

きみたちへ菜の花の道をつくりたり卒業の日の黒板アート

写真幾まい中途退学した生徒も笑っておりぬ
三年の果て

加湿器の霧しゅらしゅらと回るなか少年のあ
るカミングアウト

みんなよりひとつ年上だったこと打ち明けて
明日卒業しゆく

降水確率0パーセント迷いなくきみらを送る
三月一日

ずっと高校生でいたいだなんて言う少女に白いストック渡す

先輩が後輩の手を離しゆく校庭の桃の花のあたりで

大半はもう会うことのない卒業ななめに行っ
てもよいスクランブルを

居場所

それぞれに居場所を見つけ着地せよ十八歳に
吹く春の風

「自販機のホットドリンクもう無いよ」花冷えの午後きみと別れる

投稿を登校と勘違いして留学中のきみを待ち続けた

駅前にある学校は切なくて今日は入隊の男子見送る

就職率九十五パーセント喜べぬバイトを続けるひとりを思う

教育の限界までも吐露しつつスモークツリー
の道を行く　きみと

貝殻の花

少女らがナカンダ浜に集めたる貝殻を置いて
ゆけば夏の花

ライラック、この花を歌に編んでゆく。風に
揺れ空に揺れ遠いあなたへ

薔薇の世話があるから此処でさよならと友は
ガブリエルのもとへ帰りぬ

オアシスの在り処を知らせる燕子花通勤の朝
はひかりに濡れて

華道部の練習用の造り花少女は人形《ドール》を抱くよ
うに運ぶ

葉と雲を押し上げひらく泰山木からくり時計
の扉も開く

塊

空路より私は陸路　旅先の八幡さまの亀に餌をやる

ふるさとの海を離れた回遊魚止まったら死ぬ
今のわたしだ

啄木も此処を異郷と思いしか振り向くひとの
いない東京

大切な背中見失い溺れゆく渋谷夕刻うずを巻く塊《マス》

人波に踠くわれに渡されたポケットティッシュを浮輪のように

荷物三つ持っていることを言い訳にティッ
シュを両手で貰わなかった

めくるめく歌会の果て東京の秋雨に髪を濡ら
して帰る

夕闇があわく差し入る下車駅のきれぎれに揺
れていた吾亦紅

開校準備室

＊勤務先の通信制高校に二つ目の学校

〈令和二年四月開校〉窓の陽に掲げてひらく
準備室のドア

眼下には球場だった森　ここは冬のほとりの
アルプススタンド

衝立と傘立そして一枚の油絵がきて定位置き
まる

待つ進む永遠に繰り返される横断歩道のまま
入り口は

Family Mart《ファミマ》横の外階段から教室へ　まだ見ぬ
生徒の行動線図

日の当たるフロアーに待合の椅子たまごの
パックのようにならべる

「福袋買う気持ちです」学校へ行かぬ子が書
く入学願書

日だまりを歩く親子よいつの日もミルクポット
でありたいこの町

体温

ディスタンス保って出会う日のために廊下を
紙の桜で埋める

ひいやりと着けたパールのネックレス体温に
なってゆく入学式

グランドの着地マットが待ち受ける金貨のよ
うな肩甲骨を

車体には〈しあわせさん〉と描いてあるきみたちに会いに行く春電車

ようやくに入学式に辿り着く風ふふみたるきみのブレザー

生徒らが石の広場に寄り合えばツグミも近くで羽ばたいていた

十五歳の集合写真さみどりが深く呼吸する中央公園

あかさたないきしちにヨコのラインまでなめらかなりき春の教室

教室の窓をずらせば梢より鳥の声あっ此処も巣箱だ

コロナ下

傍線が引かれた部分を読み返す『こころの処
方箋』かのひとの

吉野川のスワンボートの写真には風花が舞っ
ていて泣けてきた

かずら橋の袂に立ちてひとりでもふたりでも
渡れなかったあの日

ボール箱にひとつあかりを見つけたり不要不急だ駝鳥の卵殻

明日からのフェースシールド装着の練習もするあやめの隣り

手を伸ばしアクリル板にぶつかって触れ得ぬ
ひとへの嵩があふれる

失った夏祭りを取り戻したい生徒らが窓に貼
る大花火

海をかたる　高知のきみは太平洋われは瀬戸
内海をＺｏｏｍで

スピード

アーチ橋過ぎればふわっと港ありジェット
コースター終着のような

太鼓橋を渡ってさみどりの森へ希望というは
入り口を持つ

自転車に乗りたい　みどりが歌い出すそのス
ピードがはつ夏ならん

面倒なことからいつも逃げていた朝のぽんかん爪立てて剝く

けむりの木二本を伴いわが町にケアハウス〈リトモ〉ぽっと建ちたり

アスファルトに肉球を焦がすいっぴきとあの
建物の影を目指しぬ

サーモンをあなたも私も見送った回転寿司は
入り日のようだ

沿道のいちにんなりき平成は束の間通り過ぎた駅伝

硝子の灯台

生徒らと赤灯台をめざす道トライアスロンの
息さながらに

近づいて硝子の灯台たしかめる逃れられない
ものの透明

ほそき海は島、船、鳥で密となり落ちてきそ
うだ不揃いの雲

潮の香が太平洋より淡くなる瀬戸内海は街かもしれぬ

少し先で待ってくれている少年に追いつくときの夕暮れの岸

少年は隠れたふりをわたくしは捜すふりをする八幡通り

家族のため働く少年を託す下町ロケットのような社長に

夜勤あり塗料まみれの作業服十八歳は何もた
めらわず

服を替えバイトへ向かう少年がふと灯台をま
たたく星を

飛行遊具

赤い羽根胸元に灯しひとと会う今がいちばん
きれいな紅葉

公園を包むアベリアに白球が流星になって吸い込まれたり

集合に遅れた少女がそっと掌をひらいて見せた珊瑚樹の赤

どんぐりのビッグサイズを差し出せり交換条
件として少年は

くれないの月から夜明けの白い月　飛行遊具
の定員ひとり

シーソーが機織る音に聞こえくる誰かが誰か
と生きている音

焼き芋をさっくり割ってあなたとの秋あたた
かく闌けてゆきたり

抱き上げん竹久夢二の黒猫のようにこの世の
ぬくときものを

ひかりを

ポスターのポが伝わらずそれでいい　きみは
あまたの星を降らせた

この道はどこまでも霧の冬なれど緋寒桜のあ
かりが見える

きょうもまたラップがくっつく女子力の低い
私が包む冬苺

ポケットの無い服で行くたよりなさ掌のどんぐりは昨日の森へ

少年は漁から帰り登校すシャワーのように浴びたあかつき

ぬばたまのブラック校則に揉めている　天の
岩屋式にひかりを

木っ端微塵

＊大蔵神社が台風の被害を受ける

倒木が社殿の屋根を直撃し木っ端微塵になっ
たもろもろ

ほそく高く成長しすぎて倒れたる白樫はきっと女性と思う

ドローンと鑑定士連れてやって来た保険会社に傷を晒しぬ

復元は不可能と知る鬼瓦レプリカの世を生きねばならぬ

水田にどこからか飛んできたボート此処がよかったという表情で

この夏を苦しみ抜いたかたちゆえ蟬の亡骸なべて仰向け

内面は傷んでないと伝えたい濡れたトマトのように泣けたら

石垣修復工事

＊豪雨災害により崩れた丸亀城の石垣

骨髄を移植した少年と見る石垣を石で埋めて
ゆくのを

良くなったら行こうだなんて少年の苦しみ知らず言ってしまえり

「これ以上良くはならない、だから今日」移植後のきみが天守をめざす

修復の石はナンバー付けられて元球場の外野
に並ぶ

未完成の石垣と色づく木々にスコアボードは
00のまま

コースターが空へ出発するように体育座りの
少年ふたり

鉄棒の五つの高さをめぐりゆく我のひと世に
似たる遊び場

ポケットのビーズを地《つち》にばら撒いて少女の逆
上がり成功す

太陽のひと

連絡船に紙テープ握り合っていたかつての海
にホテルクレメント

〈北風と太陽〉の太陽のひととコートを脱い
で見る菊花展

師とあるく栗林公園紅葉は曲線の橋のように
ゆっくり

ゆるやかに上り立ち止まり下りゆく偃月橋《えんげつ》の
どのあたり、いま

滑走路に沿って子どもの国がある眼差しが押
し上げるジェット機

機上から見えますか紅きナナカマド温泉しずかに流れるところ

晴れのち雨、予報の雨がほろほろと唐紅のダリアをこぼす

風の舞う丘

五十六島かぞえる日本の大島のひとつに向かう官有船〈松風〉

パーティーに呼ばれなかった遠い日のわれを
浮かべる航跡の泡

本四架橋三つを掲げる瀬戸内の大島は小さき
桟橋が橋

アーチ橋架かる長島愛生園いよよ孤島の大島
青松園

ちちははの手から離れたうつしみは砂浜に靴
を沈ませながら

半球形の納骨堂へ向かわせる盲導鈴のオル
ゴールしずかに

潮は死を象ってゆく　見たことがない流木の
かたち白砂に

産むことを許されなかった島を抱くさくらの
後の躑躅が熱い

ひとりで来たひとにだけ声をかけるらし
「ゆっくりしてってね」媼もひとり

旅はもう、からだがついてゆかぬから　対岸
にシンボルタワーが照る

本名を名乗らず守り抜く愛にハンセン病元患
者のペンネーム

塔和子詩集『希望よあなたに』をバッグに入れてた　かの夏われは

突端の風の舞う丘〈事みなは神しろしめす〉
海人の歌碑

「会いたい」がぎゅう詰めの電話ボックスか
杭のごと刺さる島の坂道

石仏と鳥居と十字架連なって祈れるひとに境
界は無い

三越の畳紙に包まれたまま死に装束のねむる
ガラス箱

医学生のグループとすれ違う岸小ぐま座をさ
がすように振り返る

また来る日の約束は島の食堂にお品書き全部
覚えておくよ

かつて島を泳いで脱出したひとにかぎりなく
凪いでいたであろう海

二〇二〇ふたたび隔離の世となりぬ瀬戸内海
はフラスコの中

政石蒙　大島青松園に生きた歌人

死ぬために戦地に征きて隔離され生まれた歌人政石蒙は

牛、馬、ヤク家畜の自由を羨みぬモンゴルに
ひとり閉じ込められて

たましいを身体の外に取り出して馬に紛れて
草はらを駈く

「ここからは出てはいけない」線があり線の
向こうの虹色の花

モンゴルの包《パオ》から国立療養所へ　包は閉なり
居場所は移場所

寮父として園の子どもの父となり生死を詠み
島に生ききった

盲導鈴〈乙女の祈り〉と〈ふるさと〉がゆず
り合うように鳴る分かれ道

舟を持つことは禁忌の島びとにいま沖を向く
木製ボート

花茎で砂地に書いたまぼろしの歌の行き先
潮騒を聞く

大島はいつまでも島と詠みしひとisolation《隔離》に
island《島》が含まれている

ガラス箱に遺品のひとつ『白描』が海のひか
りを纏いてねむる

切り離さないで真白き砂のうえミシン目のよ
うな足あとつづく

大島の旧い長屋に瀬戸内国際芸術祭《せとげい》のアート
〈ひとりぼっちの海賊〉

夕日

神棚から夕日を下ろすくれないのカボチャは
ひとりの短夜のために

ゲリラ雨すぎてずぶ濡れのわが町に世界じゅうの夕焼けが集まる

竹林に夕日は差してそのうちのいっぽんを明日ののぼり棒とす

濡れ縁に脚をゆらゆらさせながら聞くかなか
なの句点読点

満月を二つ折りにした半月の見えない部分に
傷痕がある

さかさまの奈落透明エレベーター　ノースビル二十六階の底い

二十六階に平均台のような椅子きみの背中が遠いよ夕日

座ってもっているよう背もたれの無いうつ
し世の赤きスツール

ヘリンボーンコートの似合うひととと見る川が
海へと拡がりゆくを

はつ雪

はつ雪は枇杷の葉のうえ線路脇にわれもこう
してひとを待ちたい

くちびるにクロガネモチの赤い実を差して置き去りにした雪だるま

人生をやり直したい　好きだなあスイッチバックの坪尻駅よ

除幕式のひも引くようにトンネルを抜けて南
国土佐の雪、雪

向かうところ敵なしだろう一途さに渡る鉄橋
しまんと号は

家出してそれきり会えず遠い日の少女を雪の
聖夜にさがす

メロディーの流れる時計と暮らす空あお鷺は
昏きつばさを晒す

冬空へひろげた扇のように立つ欅よわれの胸骨になれ

命拾い繰り返しながら生きている鍋つかみから元の手を抜く

試着室を出てゆくときのさざ波かあなたへうたを差し出す春は

なみだのように

二個くださいな負荷をくださいな傾かぬように朱欒と北風を行く

夕日より列なして来る対向車なみだのように
灯をともしつつ

モリカズの風の絵をみて風に立つわれをいっ
ぽんの木に変えたくて

凍てついた地表にとどく赤い月　水仙の香は
原液だろう

友だちはいるのだろうか追い出された鬼にも
私にも寒あやめ

いのち絶え海まで曳かれるぬばたまのクジラの皮膚など思っていたり

覗いたら脚が浮いてる戴いた深きタッパーおおサムゲタン

稲妻から庇ってくれた障子紙白桃の皮のように剝がしぬ

穏やかな海の怒濤もひたひたと搾り出される瀬戸内レモン

さびしさを花束として抱いた日は服をなで肩
ハンガーに吊る

つつうらうら

寄せて引く海のリズムの緞帳によみがえりくる〈時の旅人〉

魔法瓶のような暮らしを終わらせるハクモク
レンに会いたくなって

この胸にさくらの器を置いていて無限の目盛
りを付けております

誰にでもなびいてたっていいじゃない雪柳つ
つうらうら席巻

〈青備前〉ほのおの跡を抱きおり晩春の花い
ちりんを挿す

山笑う、ほんとにそうね。ふくふくと沸くさ
みどりにあなたとわらう

フルーツをあたまに載せて売り歩く来世のわ
れ　まっすぐ歩け

少しだけ先のひかりに出会うため初夏の脚立
を用意しておく

無限のゴール

＊三十九年間の教員生活を終える

止め忘れたストップウォッチそのままに荷物
の中へ　無限のゴール

デスクマットの裏にくっついたメモ書きの一
枚ほどがわれの執着

手作りの教材はいま足下に縛られ雨の回収車
へと

卓袱台返しするかもしれぬわたくしを打ち消
し円満退職めざす

子育てと両立させて朗らかな友がサラッと校
長になる

『滑走路』を後輩に託す滑走路は未来という師
のことば信じて

春愁に教室の床を磨きたり消すことがわたし
たちの出発

友友友…三十人の毛筆が風に揺れていたこの
掲示板

出席の足りない生徒の補習授業最終日の夕暮
れまで続く

おいとまをいただきますの物腰を演じて職員
室を出てゆく

ペコちゃんの湯飲みを最後に仕舞いいて学園
を去るいつものように

試合後の挨拶みたいだ暮れなずむ校舎に向か
いふかぶかと礼

にわたずみに夕日が反る立つ鳥のわれは紙袋
ひとつを提げて

花束を解かれたあとに開ききるカサブランカ
の声が聞こえる

手のひらに何も置かれていない春あたらしい
海の貝を欲しがる

もう誰もいないのだから追想に木立を描いた
緞帳下ろす

初任地の廃校の知らせかの夏のキャンプの火
の粉を追い続けおり

解説

遥かな高みに山桜あり

三枝　昂之

『風の舞う丘』は次の歌から始まる。

いちまいの辞令で摑んだあの空のサフランブルーに滲むあかとき

「初任地は香川県東部の小さな中学校（現さぬき市の天王中学校）」とあるから、教師となったスタートの歌である。サフランブルーの音感が新人特有の高揚感を凛々しく包んでいて印象的な巻頭歌だが、注目したいのは「摑んだ」である。「辞令を受けて」ではなく「摑んだ」。この言葉選びには高揚感だけでなく、能動的な行動力が窺える。同じ一連の「吉兆なり羽根を広げた孔雀には道を空けねばならぬしきたり」の「吉兆なり」も同じだろう。そこがいかにも氏家さんらしい。孔雀が公道を歩く珍しい町は合併後にさぬき市となった長尾町だという。

氏家長子さんは三つの顔を持っている。まず香川県公立中学から私立の通信制高校へ転じた教師としての氏家さん。次に香川県琴平町の大歳《おおとし》神社宮司としての氏家さん。そして歌人氏家さん。歌を通して氏家さんの三つの顔それぞれを素描してみよう。

（一）

「いやだから、気を遣われるの」少年に口止めされた転校の日を
「三年三組」

ゆずの「いつか」歌って泣いて別れたるあの秋の日の三年三組

担任の氏家さんに転校を報告するがクラスにはまだ内緒。「いやだから、気を遣われるの」にその子の感じやすさが表れ、担任と二人だけの共有感である。そしてみんなで歌って泣いて別れる。「戸惑いながらつまづきながら」と歌詞が浮かんできていい選曲だ。中学高校は三年間という短くて長い時間だからかけがえがない。そんな学校ならでは懐かしさが蘇る。

コンビニのダストボックスに裂けた服棄てて帰りし夜　こぬか雨
「そよいでいるか」

傘立ての傘のすべてが折れた日はその骨の数一〇〇〇本超える

服を脱いだわたしにシャッター押しながら謝りくれる女性警察官
〈五十代女性教諭〉がわたしの名　神無月の地方新聞に載る
サンドバッグになったのはわたしではなくてあなたのこころだったしんじつ

裂けた服を棄てる。傘立ての傘すべてが折れる。警察沙汰にもなって新聞も報道する。詳細はわからないが小さくない校内暴力があり、その被害者になった〈私〉がここにはいる。サンドバッグとなった私、そしてサンドバッグにすることによって自分も心的なサンドバッグになったあなた。痛切な歌である。しかしこれも学校現場の一面である。私の二校目の定時制高校では一団の生徒とトラブルになり教師たちが暴行を受けたことがある。当時入退院を繰り返していた私も行き掛かりのように腹部を蹴られた。結局五人ほどが退学になった。学校は「二十四の瞳」であり、「暴力教室」であり、金八先生だ。ぎりぎりの境界を抱えているからこそ、次のようなさりげなくも大切な絆も生まれる。

「修学旅行はじめてなんです」白樺に手を当て少女は涙目になる

知られたくないから一番好きな歌は書かなかったと照れ屋のきみは
『滑走路』何度も手にした少年は何も語らず卒業をした
離陸する着陸もする滑走路　帰ってきてほしいひとがいます

通信制高校に移ってからのこれらの作品には学校という世界だけの温感と絆がある。一首目は北海道への修学旅行、二首目三首目は萩原慎一郎歌集『滑走路』を通しての生徒との心の共有。「帰ってきてほしいひとがいます」は卒業までたどり着けなかった生徒だろう。随筆集『百舌と文鎮』に書いたことだが、私が定時制高校で最後に受け持った4年B組が思い出される。このクラス、入学時には三十二人だったが、卒業式で私が呼名したのはその中のわずか六人である。学年が進む度に退学や留年があり、同数ほどの転入や編入があるからクラスはほぼ同規模で維持されるが、通信制高校はもっと変動が大きいのではないか。

家族のため働く少年を託す下町ロケットのような社長に

通信制や定時制の教師は職安の役割も担う。だから生徒の暮らしにも寄り添う。ここでは企業に預ける場面だが、ＴＢＳテレビ「下町ロケット」の社長を重ねたから、ああ、きっとこの生徒は職場に根づくなと思わせる。そこが温かい。

根を張りて何処かの町に働けるきみたちに樹はそよいでいるか
水たまりは飛び越えるものと信じてたけれど一緒に遠回りしよう

生徒が学校を去っても、〈私〉が教師を辞めても、生徒はいつまでも教え子。「帰ってきてほしいひとがいます」、この一言が心に沁みる。

（二）

氏家さんが宮司を務める香川県大歳神社の神社縁起には景行天皇の時代からの記述があり、近世には丸亀藩主の金比羅詣での際には参拝していた由緒ある神社である。辞書によると「大歳の神」の「トシ」は穀物の意で穀物の神、『古事記』には須佐之男命の子とある。五穀豊穣がメインの氏神様のようだ。この歌集にも

「夥しき樟の落葉のただ中を須佐之男命《スサノオノミコト》神楽の板に」がある。

霧雨の社頭に令和の幕を垂るこの日をなつかしむ日は来るか

「霧雨の社頭」一首目。「令和元年五月一日　大歳《おおとし》神社」と詞書がある。令和と改元されたのは二〇一九年五月一日。特別な日だから、神社としてはまず社頭に幕を掲げて祝意を表す。そして下の句にはその晴の日への淡い感慨がある。

天地と東西南北〈六合《くに》〉とよぶ神話の国の片隅に住む

拝は深き九十度との規定ありたまゆらにわが影を確かむ

一日の終わりに足袋を手洗いす白でなければならぬ生業

天があり地があり東西南北の四方がある。合わせて六合《くに》。改めてこう確認するところに、襟を正して元号と向きあう姿勢が生きる。

二首目の拝九十度、三首目の元の白さに戻すための手洗い、宮司ならではの折り目正しさだが、「ならぬ」で結ばないで「ならぬ生業」と続けるところに素顔の氏家さんが覗いて楽しい。

倒木が社殿の屋根を直撃し木っ端微塵になったもろもろ
復元は不可能と知る鬼瓦レプリカの世を生きねばならぬ

「大歳神社が台風の被害を受ける」と詞書がある「木っ端微塵」から。歴史的な社殿が直撃を受け、鑑定士がドローンで調査し、鬼瓦は修復不可能と告げる。そこに反応した「レプリカの世を生きねばならぬ」が立ち止まらせる。「レプリカとして」ならは鬼瓦そのものだが、「レプリカの世を」には新しい鬼瓦が生きて行くのはレプリカの世、という感触が含まれる。古事記の時代から氏神として土地を護ってきた神社の視点がそこから滲む。移ろいやすい時代に移ろわない世界を守り続ける、氏家さんの一面として大切だ。

（三）

歌誌「りとむ」は毎年二十首詠競詠の場を設けている。結社の新人賞に近い位置づけだが、令和二年度の第二十一回二十首詠第一位が氏家さんの「風の舞う丘」だった。入会五年目の成果である。一連はそのまま本歌集に収録されている。

五十六島かぞえる日本の大島のひとつに向かう官有船〈松風〉

その一首目。伊豆大島や奄美大島がよく知られているが、全国に大島は五十六島とデータは教え、歌はそれを生かしている。しかしその一つに渡るのは民間の船でなく官有船。見過ごしがちなデータではあるが、大切な指摘である。資料を見ると所有は厚生労働省、運用は国立療養所大島青松園とある。なお、歌集『白描』の明石海人が昭和七年に入所したのは岡山県に昭和五年発足の国立らい療養所長島愛生園、大島青松園は同じ瀬戸内海だが高松市の施設、明治四十二年発足である。

アーチ橋架かる長島愛生園いよよ孤島の大島青松園

橋は一九八八年に完成、長島愛生園のHPを見ると岡山駅からはタクシーで約六十分とある。地続きの島となったことが社会と療養所を大きく近づけたことになり、「いよよ」が大島青松園の孤島ぶりを際立たせる。

ひとりで来たひとにだけ声をかけるらし「ゆっくりしてってね」媼もひとり

物見遊山のノリで来るグループもあるのだろう。「ゆっくりしてってね」にはこの島を先入観なしにていねいに見学してほしいというソフトなメッセージが込められている。「官有船」と「孤島」でまず島のマクロな現状を示し、ここからは島の一つ一つと向きあう作品群となる。

塔和子詩集『希望よあなたに』をバッグに入れてた　かの夏われは

突端の風の舞う丘〈事みなは神しろしめす〉海人の歌碑

「会いたい」がぎゅう詰めの電話ボックスか杭のごと刺さる島の坂道

石仏と鳥居と十字架連なって祈れるひとに境界は無い

かつて島を泳いで脱出したひとにかぎりなく凪いでいたであろう海
二〇二〇ふたたび隔離の世となりぬ瀬戸内海はフラスコの中

塔和子は十三歳のとき青松園に入所、詩作を続けて詩集『記憶の川』で高見順賞を受賞している。歌集のタイトルにもなった風の舞う丘に建てられた明石海人の碑には「事みなは／神しろしめす／うつし身の／悔も歎きも御手にゆだねん」と刻まれ、「ここに立ち、静かに西方を望むとき／この「海人」の歌心を我がものとしたく／それ故にこれを建つ　入居者自治会」と添えられている。「事みなは神しろしめす」。この言葉からは「癩は天刑である」と呪詛の一行で始め、「癩はまた天啓でもあつた」と神への帰依で結んだ『白描』の前書きが思い出される。

三首目は島にある電話ボックス。ぎゅう詰めの「会いたい」。氏家さんには孤島の暮らしを強いられた悲鳴が聞こえている。「杭のごと刺さる」も心に痛い。四首目は仏と神とイエス、「祈れるひとに境界はない」が切実だ。五首目は脱出した人がいたのだろう。「凪いでいたであろう」は脱出願望の切実に寄り添う心である。五首目は一連結びの歌。日本のどこもコロナ禍で閉ざされた暮らしとなった日々を青松園の暮らしに重ねている。

二十首詠競詠に戻ると、選考には三人が当たり、私は躊躇うことなく「風の舞う丘」を一位に推した。二十首という連作の単位が生きており、大島青松園紀行という趣を超えた現場の把握、明石海人などとの対話の詩的な厚みなどを評価したからである。「政石蒙　大島青松園に生きた歌人」も力作だ。どちらも過剰になりがちな感傷を抑えて〈こと〉と向きあった成果だろう。

氏家さんの魅力は連作の力技だけではない。日々の暮らしから紡がれた歌にも心惹かれるものは多い。四首だけ挙げておこう。

半斤のパンを三日できっちりと食べ終えること　ひとりというは

誰の手も借りずに生きていきますと遥かな高みに山桜あり

シーソーが機織る音に聞こえくる誰かが誰かと生きている音

人生をやり直したい　好きだなあスイッチバックの坪尻駅よ

「独り暮らしとは」という問いに答えた〈三日で半斤〉が端的だ。二首目は人知れず咲く山桜への心寄せであり、山桜経由のモノローグでもある。私の好きな一首だ。三首目はシーソーの音の捉え方にセンスがあり、暮らしの温感がある。四首目は手探りばかりの人生への嘆きまじりの肯定。「好きだなあ」に続けるスイッチバックが共感を誘う。

多弁な解説になってしまったが、『風の舞う丘』とゆっくり向き合い、その世界を受け止めていただきたい。

令和六年二月

あとがき

　令和四年三月、三十九年間の教員生活に終止符を打ちました。保健体育科の教員として、公立中学校と最後の六年間は私立通信制高校に勤めました。その間、病気や怪我、生徒指導上の悩みなど辛いことも多くありましたが、いつも周りの人に支えられ充実した日々を送ることができました。そしてこのたび、一生懸命に働いてきた年月を残しておきたいと思い、一冊の歌集を纏めました。

　私が短歌を始めたのは平成七年に入院、手術を受けたことがきっかけでした。手術日は阪神淡路大震災の日と重なりました。自分はこの先どうなるのだろう、毎日泣いてばかりいました。

　病棟の掲示板には、入院患者さんの短歌や俳句が貼ってありました。それを見ていた私にある看護師の方が、あなたもやってみない?と声をかけてくれたのです。そのときの私は断る元気もなく、誘われるがままに短歌を始めました。幸いなことに手術後の経過は良好で職場復帰も叶い、そして月に一度、看護師さんとともに〈しおさい短歌会〉の歌会に参加するようになりました。この歌会で今は亡き水落博先生に指導していただきました。

私は歌会が大好きです。ですが自信がなく、指名されないようにいつも下を向いていました。子どもの頃から読書や勉強よりスポーツが大好き、文学少女とは対極でした。歌会に行くと、文学少女が大人になったような方ばかりで、コンプレックスを感じていました。それでも私が作った拙い歌を、褒めてくれたり面白がってくれたり、そのままのあなたでいいと認めてくれました。

平成十八年、神社の宮司をしていた父が急死し、私が跡を継ぐことになりました。神職の資格を取得し、教員との二足のわらじ生活が始まりました。短歌の投稿は続けていましたが、あまりに忙しく歌会からは十年ほど遠ざかりました。歌会が好きな私は孤独を感じながら短歌を続けていました。

本歌集は、平成二十八年りとむ短歌会入会後、りとむ誌に発表した作品を中心に、やまなみ短歌会、地元の歌会、各地の短歌大会への応募作品などを纏めました。短歌を始めてすぐの作品も思い出として数首入れました。回想詠が多く、なかでも中学校の勤務を詠んだ歌は必死だった当時の自分を思い出し、ずいぶんと感傷的になっています。

歌集名の『風の舞う丘』は、国立療養所大島青松園を詠った一連の題名から採りました。中学校に勤めていた頃、生徒と共に地元香川県の大島青松園を訪ね、ハンセン病について学びましたが、その苦しみの歴史は忘れてはならないこととして今も深く心に刻まれています。

また高校生と共に歌集『滑走路』を読んだことも貴重な思い出です。それまで気付かなかった生徒の内面に触れた時、その感動を短歌にせずにはいられませんでした。著者であり、りとむのお仲間の萩原慎一郎さんには生前お目にかかることはありませんでしたが、ありがとうございました。

教職を退き、現在は宮司の仕事をしながらオンラインも含めた大好きな歌会に参加し、先生や先輩、仲間の皆様からいい刺激をもらっています。さまざまな出会いを愛おしみ、短歌のある暮らしをこれからも大切にしていきたいと思います。

最後になりましたが、りとむ短歌会の三枝昻之先生にはお忙しい中、身に余る解説文を書いていただきましたこと、心より感謝申し上げます。三枝昻之先生、今野寿美先生のご指導を受けて短歌がますます好きになり、第一歌集の上梓に辿り着けました。いつも励ましてくださっている歌友の皆様もかけがえのない存在です。

青磁社の永田淳様には、心のこもった丁寧な編集を、濱崎実幸様には素敵な装幀をしていただきました。風の舞う丘に寄り添うように描かれたモンゴルの夏のヤク（カバー）と冬のヤク（表紙）、私はとても気に入っています。お世話になったすべての方々に心よりお礼申し上げます。

令和六年一月

氏家　長子

著者略歴

氏家　長子（うじけ　ひさこ）

昭和三十五年　香川県琴平町生まれ
昭和五十八年　日本女子体育大学卒業
平成七年　しおさい短歌会で短歌を始める
平成九年　やまなみ短歌会入会
平成二十八年　りとむ短歌会入会
令和二年　りとむ二十首詠入選

現在　香川県琴平町　大歳《おおとし》神社　宮司

りとむコレクション133

歌集　風の舞う丘

初版発行日　令和六年三月十三日

著　者　氏家長子
香川県仲多度郡琴平町上櫛梨六六一（〒七六六―〇〇〇六）

定　価　二五〇〇円
発行者　永田　淳
発行所　青磁社
京都市北区上賀茂豊田町四〇―一（〒六〇三―八〇四五）
電話　〇七五―七〇五―二八三八
振替　〇〇九四〇―二―一二四二二四
https://seijisya.com
装　幀　濱崎実幸
印刷・製本　創栄図書印刷

ISBN978-4-86198-582-9 C0092 ¥2500E